딱!

강상돈

1965년 제주시 애월읍 봉성리 출생.
한국방송통신대학교 국어국문학과 졸업.
1998년《현대시조》신인상 등단.
단시조집『딱!』, 우리시대 현대시조선『화전 터 뻐꾸기』, 시조집『느릿
느릿 뚜벅뚜벅』『쇠똥구리는 아무데나 쇠똥을 굴리지 않는다』『별꽃
살짝 물들여 놓고』외 다수.
제주문인협회《제주문학》편집위원장, 오늘의시조시인회의 운영차장
역임. 애월문학회 회장, 제주시조시인협회 부회장, 혜향문학회 회원.
시조전문사이트 시조나라 http://sijonara.pe.kr 운영.
현재 제주특별자치도 문화예술진흥원 근무.
sijonara@naver.com

딱!

—

초판 1쇄 2021년 5월 25일
지은이 강상돈
펴낸이 김영재
펴낸곳 책만드는집

—

주소 서울 마포구 양화로3길 99, 4층 (04022)
전화 3142-1585·6
팩스 336-8908
전자우편 chaekjip@naver.com
출판등록 1994년 1월 13일 제10-927호
ⓒ 강상돈, 2021

—

ISBN 978-89-7944-759-0 (04810)
ISBN 978-89-7944-513-8 (세트)

한국의
단시조
0
3
1

딱!

강상돈 시집

책만드는집

무슨 말이 더 필요하랴.

2021년 5월

강상돈

| 차례 |

2부 혈서 한 장

3부   숙명

4부   살풀이

5부   고요의 길

1부

은밀한 계획

찰나

신발장 안 거미줄
독 품은 채 앉아있다

길 잃은 나방 한 마리
포위망에 걸려들고

그 찰나
겨우내 참았던 꽃눈이
독설을 내뿜는다

폭설 3

석가탄신일 지났는데 경소리로 바쁜 오후

뒤바뀐 계절인가,

전농로에 쌓이는 눈

출가出家를 결심하고 나서

일순간 삭발하는

발정 난 봄

눈치 슬슬 보던 햇살
저만치 물러가고

발정 난 바람이
내 몸을 덮치는데

이 봄날
아지랑이도
옷을 훌훌 벗고 있다

아지랑이

겨우내 훈련시킨
꼬마 병정 몰려온다

순식간 온 동네를
휘감아 친 그 열기가

한소끔
어릴 적 기억
포박을 풀고 있다

달팽이 1

느릿느릿 가는데 무슨 욕심 더 부리랴

집 한 채 있으면 그걸로 만족한데

축축한 봄날이 오면 느림보로 살고 싶다

벚꽃 1

붙잡지 않는다면
금세 또 잊어버릴

전농로 벚꽃들이
집단 시위 한창이다

지나던
낮달 하나가

눈
　송
이

톡!

던진다

벚꽃 2

놀란 가슴으로 너는 온다
이 지상의 길목에

온 세상 밝히는
꽃대궁을 풀어놓고

대감이
행차하는가
길을 비킨 벚꽃들

벚꽃 3

이건 분명 역모를 꾸미는 게 틀림없어

은밀한 계획들이 서서히 드러날 때

세상을 뒤집어 버리자 일순간 꽃불 튀네

봄 1

왕벚꽃 흐드러진
길모퉁이 돌아서면

발그레 어린 내가
침 흘리며 서있다

김 오른
봉성올레에
어머니의 상애떡*

* 제주 지방 향토 음식으로 밀가루를 술로 반죽한 뒤 발효시켜 채소
나 팥소를 넣고 둥글게 빚어 찐 떡으로 고려시대 때 원나라에서 전
래된 음식이다.

압력밥솥

점령군이 몰려오자
노을마저 숨을 죽인

그 긴 시간, 흠칫 놀라
무작정 숨어버린 날

푹!
푹!
푹!

분열된 수증기

소총같이 들리네

눈물 꽃

눈물 없이 피는 꽃이
있기는 한 걸까

다랑쉬오름 중턱에
숨어 지낸 들꽃들

살아갈
터전을 잃어
핏물 왈칵 쏟아낸다

빗물

마음이 젖을수록
몸은 더욱 움츠리고

속울음도 빗물 속에
오롯이 뱉고 보면

유난히
붉은 동백꽃
하염없이 떨어지네

장미

요 며칠 울담 너머 내 등을 간지럽히더니

오늘은 옷고름 풀며 주섬주섬 다가오네

저 붉은 앙칼진 자태 이내 몸이 뜨겁네

대천동 별장*에서

대천동 별장엔
폭죽놀이 한창이다

삼나무 숲에 앉아
소주잔을 기울이면

팍!
팍!
팍!

휘파람새가 폭죽을 터트린다

* 제주시 구좌읍 송당리에 있는 고성기 시인의 '정류헌'이라 이름 붙
인 아담한 별장으로 그 옆에 삼나무 숲이 우거져 있다.

접시꽃 2

목뼈가 굵은 사내 줄담배를 피워대고

때론 발목을 잡아 닭싸움도 해보면서

초여름 부산한 오후에

개폼 잡는

접
시
꽃

2부

혈서 한 장

가을 편지

한쪽 눈 깜빡이며 눈짓하는 가을의 밀회

분홍빛 이야기를
두런두런 남긴 채

길 못 든
별똥별에게
한 줄 편지를 쓴다

새벽에

이불을 바짝 끌어당긴다, 새벽에

그 여름 다 이겨낸
풀벌레 한 마리가

쯔
쯔
쯔

내 귀에 앉아
가을 노래 하고 있다

귀뚜라미

새벽녘 무슨 일로 이 자리에 찾아왔나

고약한 녀석일세, 정적마저 깨트리고

찌르르 검문을 하며 곤한 잠을 깨운다

노름판

울담 담쟁인 지금 타짜에 당하고 있다

현란한 손놀림에 홍단, 청단 다 놓치고

노름판 사기 행각에 붉은 속내 드러내는

담쟁이 13

요 며칠 콧구멍이 맹맹하다 했더니

늦더위를 먹었나, 담쟁이가 코필 쏟네

골목길 에돌아가면서

불붙는 하늘도 보네

담쟁이 14

위로만 뻗어가는 외고집 그 행간에

주변을 살피던 햇살
독한 마음 먹었는지

골목길
돌담 위에서
혈서 한 장 쓰고 있다

담쟁이 21

마음은 어디서나
벽 하나를 오른다

무성한 잎 따위로
앞길 가로막아도

오늘은
짙은 화장을 하며
제 갈 길 가고 있다

담쟁이 23

담벼락에 기댄 나를 와락 끌어안는다

늦바람 난 햇살이 부글거린 욕정을 채워

앞다퉈 산란을 하는 가을의 화판이여

담쟁이 25

네 살 터울 여동생이
스웨터를 짜나 보다

여름내 기력 잃은
내게 입혀주려고

익숙한
손 움직임에
눈시울이 붉어진다

딱!

요 며칠 술맛이 좋아 코 비뚤어지도록 마셨는데

오늘은 음주 단속에 걸리고 말았네

시치미 딱! 뗀 담쟁이 낯달만 마셨다네

단풍 1

느닷없는 습격에 속이 새까맣게 탄다

열병같이 번져온 옛사랑을 놓칠세라

절정에 불타고 있네, 여린 가슴 녹이네

단풍 2

이건 필시 마약을 먹은 게 틀림없어

외진 길 걸어가다
정신까지 잃어버려

환각된
도시의 가을
황홀 속에 빠져든다

어떤 풍경

천천히 가는 것도
세상 사는 법이구나

돌담 따라 할머니 몇
유모차를 끌고 간다

낭자한
오색 물빛에
느리게 찍힌 발자국

산사의 단풍

만행萬行을 떠났던 산사의 나뭇잎도

제 몸 가누지 못해 불 밝혀 떨어지고

가을 산 연등 행렬이 꽃 물들여 가고 있다

낙엽

시나브로 익어가는
가을 햇살 앞에 두고

무심코 떨어지는
노을을 바라본다

부고를
통보받았나
뒹구는 낙엽 한 장

3부
숙명

이사를 하며 1

살아온
무게만큼

이삿짐에 피멍 들 때

풀어놓은
생각들은

눈발 속에 멈칫 서서

헐벗은
시간의 굴레

허공 향해 바라본다

담쟁이 1

단벌뿐인 옷을 입고 몸치장한다는

울담 너머 담쟁이가 헤프게 웃고 있다

온종일
실없이 다니는

저,
저,
저,

허풍쟁이

담쟁이 22

무슨 사연 그리 있어 이 자리만 고집하나

벽면 한끝 붙잡아 살 때까진 살아가자며

마지막 간절한 기도 속울음도 뜨겁다

담쟁이 24

야!
야!
야!

맨손으로
어디까지 올라가냐고

내
려
와

겁도 없이
목숨 맡기는 건

위험해

순식간

별 하나 놓고

새벽길을 걸어가네

담쟁이 26

누구냐,
나를 잡아당겨
칭칭 감아올리는

초봄 서사로에 담벽을 차고 올라

출근길
발목을 잡고
흐느끼며 우는 자

아버지의 노래 2

새로 산 가곡집에
익숙한 노래 몇 곡

오늘따라 당신 생각
더욱 또렷해지고

아버지
앉았던 자리
콧노래도 들리네

지팡이

현관 옆에 세워둔
굽이 닳은 지팡이

곰팡이가 슬어버려
버리려는 찰나에

아버지
애정만큼은
버리지를 못하네

돌하르방 4

누굴 그리 기다리나
파할 시간 넘었는데

동카름* 마실 가신
내 아버지 발길 따라

오늘도
잔술에 취해
놀을 잡고 있는가

* 카름 : '동네'를 말하는 제주어.

협죽도

한결같은 불볕더위
그거 하나 못 참아서

뜬금없이 이별 통보
보내오는 공항로에

낮술에
얼굴을 붉혀
앙심 품어 무리로 핀
꽃

양파 1

무슨 자백 받으려고
심한 고문 일삼나

서슬 퍼런 칼날로
머리를 내리치며

무차별
난도질해도
내 결백은 변함없다

신발 1

퇴근 후 벗어놓은
신발을 바라본다

밑창이 닳은 채
연신 웃음 지으며

사는 일
버겁더라도
한길로 가라 일러준다

달팽이 4

등에 진 짐 무거워도
차마 내려놓지 못한

어머니의 어깨 위에
또 하나 짐을 얹네

그 무게
감내하면서
숙명처럼 이고 가는

달팽이 5

신구간*만 돌아오면 늘어나는 집세 걱정

까짓것, 그까짓 것 등에 지면 그만인데

단칸방 서러운 신세 찬 바람만 파고든다

* 제주도에서 대한 후 5일부터 입춘 전 3일까지의 기간을 말한다. 이 기간에는 이사나 집수리를 해도 큰 탈이 없다고 한다.

숨은 길

오늘 또 가출했나, 용도폐기당한 지등 하나

문설주에 기댄 빗살 위리안치에서 풀릴 무렵

물건값 흥정하듯이 숨은 길을 찾고 있다

도두봉에서

가을볕이 입질하는
오름 중턱 넘어서면

갈 곳 없는 풀꽃들이
이주해 와 살고 있다

비행기 뜨고 내릴 때
노을 낚는 도두봉

4부

살풀이

무당거미

전세도 없는 것이 월세 또한 없는 것이

울 집 마당에 무허가로 소지燒紙를 걸어놓아

신명난 굿판을 열고 살풀이가 한창이다

뒤뜰

단맛 같은 가을날도 앙증맞게 영글고

부유 감 몇 개가 어느새 익어가네

까치도 그 맛을 아는지 입맛을 다시네

황사

불청객이 오는 날, 들꽃이 염색한다

맨 먼저 다가와
어깨 툭! 치는 바람

에이 쌍,
누렇게 물든 엉겅퀴
가시 돋친 말 쏟아낸다

엉겅퀴

마음 한편 찔러놓고 그리 매정할 수 있나

돌아보면 꽃망울이 환장하게 피어나서

붉어서 더욱 붉어서 앙갚음을 하는 꽃

고구마밭에서

죽창을 치고 나니
살갗만 드러났다

가진 것 없는 욕망의 외침
올망졸망 맺어지면

등 내민
노을 하나가
호미 끝에 끌려온다

명함

널브러진 낙엽 몇 장
묵직이 밟고 서서

눌림과 구겨짐이
흑점으로 태어난

내 이력
점자로 찍어
방점 하나 남긴다

신발 2

무심코 켠 텔레비전
오늘 소식 전하는데

울화통이 터져 나와
망연자실하던 찰나

시발 거
프라다 신발을 보니
머리 핑 돌아버리네

횡단보도에서

중앙로 가는 길에
부러진 참빗 있다

잘 포장된 아스콘 위에
한 줌 햇살이 밀려오고

차들이
막히는 날이면
긴 머리를 빗고 싶다

태풍 나리*

태풍이 온단다, 대감마님이 행차한단다

긴장 속에 치를 떨다 떠나간 대감 나리

들녘엔
온통 물난리

어쩔 줄을 모르네

* 2007년 9월 13일부터 9월 17일까지 발생한 제11호 태풍으로 제주
도에 막대한 피해를 주었다.

낮달

어젯밤 술잔 돌린 게
병이 되어 돌아왔나

바늘을 깔아놓듯
척추질환 오는 바다

술 취한
뱃고동 소리에
허리앓이하는
낮
달

76

난 蘭

거실 모퉁이에 난 몇 분 옮겨뒀더니

둥글게 모여 앉아 역적모의하고 있네

꽃대를 꼿꼿이 세우며 시위도 하고 있고

소철꽃

그 무슨 사연 깊어 이토록 절절할까

짝사랑에 몸살 앓아 저 혼자 버텨오던

건넛집 탐스러운 그녀가 애타도록 그리워

연리목

산벚나무와 고로쇠나무가 한 몸이 되었다는데

절물에 들어가서 사랑 고백 해볼거나

살며시 다가온 햇살 옷매무새 고쳐준다

산사에서 3

도심에 있으면서 산속 깊이 온 것 같은

남국사 법당 앞 풍경 소리 그윽한데

잔가지 흔들던 바람 경전을 읽고 있다

안부

태풍이 휩쓸고 지나간 날 아침에

바짝 엎드렸던 풀꽃 머리를 헤치며

밤새워 떨었던 시간 안부를 묻는다

5부

고요의 길

새벽 비 1

반달이 떠난 자리
시방 누가 오고 있나

사립문 열어젖혀 해진 옷 입고 오는가

귓전에
재봉침 소리
요란하게 들리는

새벽 비 2

옛 기억 몰고 오는 빗소리가 커질 때

밤새 잔을 돌린 술병
먼저 취해 쓰러지고

신새벽
십 리 밖에서
허물 벗듯 내리네

새벽 비 3

세상일 접어두고
이 자리에 오는가

콩깍지 까는 소리
미닫이문 타고 오면

아무 일
없었던 것처럼
딴청 피우는 새벽 비

소나기

온다는 기별도 없이
무작정 와버리는

그대의 빈자리에
눈물 꽃이 맺힌다

속울음
꾹꾹 참으며
가던 길을 돌아간다

새별오름에서

밤하늘 별빛들도
쉬 잠들지 못한다

온몸으로 토해내는
은빛 연정 절절한데

가슴속
뜨거운 사연
숨 골라 보낸다

석류

한동안 이 자리에 있고 싶어 왔는데

뒤뜰에 석류 몇 개 빨간 등불 켜놓고

이 한밤 불꽃을 태우네, 내 몸까지 태우네

서부두 밤바다

누가 이 바다에 음표를 걸어놨나

깜빡이는 불빛 따라 습관처럼 목청 높이면

사라봉 등대를 잡고 밤바다를 지휘한다

벌목 1

공소시효에 묶인 눈발
환각제를 먹었는가

길 가던 사내 서넛
불현듯 쓰러지고

찬 바람
가슴을 치며
인력 감축 하고 있다

제비

오선지 음표들이
화살처럼 꽂히는 햇살

여름을 발신하는
저 부리의 무리 떼

새로운
텃밭을 찾아
지지배배 울고 있다

폭설 2

일시에 몰려오면 진짜 어쩌려고 그래

오늘 여기 찾아와서 난장판을 만들더니

은백색 여운을 남기고 떠나버린 점령군

풍경 2

땡그랑 풍경 소리 대웅전을 돌고 돌면

스님의 목탁 소리
아련히 깊어가고

지나던
까치 한 마리
염불을 외고 있다

눈 내린 아침

백악기 한 세기쯤 건너온 눈만 같다

깊게 파인 새 발자국 화석으로 찍혀서

아무도
밟지 못한다

저 하얀 고요의 길

대설주의보

루주 묻은
종이컵

이 빠진 의자를 지키면서

바람도
알몸으로

드러누운 창가에

아무도
생각지 못한

은빛 물결 뽑아내고

수선화 2

언 곳에서 피는 것이 정말로 너뿐인가

바라보면 볼수록 향기만 짙은 것이

은근히 자리를 잡고 꼿꼿 세워 피는 꽃

겨울 감나무

우리 집 감나무가 속엣말도 않는다

누구 비위 맞추는지 가지 끝만 살랑거려

말문을 걸어 잠그고 겨울 공양만 받고 있다

삶을 향한 집요한 시선

권영오 시인

불편한 이야기부터 시작해야겠다. 강상돈은 제주 사람이다. 제주는 4·3이라는 학살의 역사를 안고 있다. 분노와 슬픔과 아픔 등등.

그리하여 제주의 작가들은 수시로 4·3이라는 역사 뒤로 숨는다. 이 엄청난 비극의 뒤로 숨어버리면 해설도 비평도 평론도 어떻게 말을 붙여볼 길이 없다. 아무리 강심장을 가진 평론가라도 그 비극의 역사를 향해 어떻게 삿대질을 할 수 있겠는가. 시비만 붙으면 웃통 까재끼고 문신이나 칼침 맞은 자국을 내보이는 건달처럼, 툭하면 4·3이라는 거대한 흉터를 들이대는 시인과는 게임 자

체가 성립되지 않는 것이다. 4·3인데, 죽은 사람이 얼만데……. 이런 식이라면 문학은 한풀이로 전락하고 만다. 오름은 아름답고 역사는 비장하지만 산 자에게는 산 자의 길이, 작가에게는 작가의 길이 있다. 한마디 더 거든다고 그 학살의 역사가 과장되지도 않을뿐더러 자신에게도 독자에게도 감정의 정체만 빚을 뿐이다. 거의 모든 작품에서 언젠가 어디선가 한 번쯤 본 듯한 기시감이 드는 것도 이 때문이다.

그 취지는 충분히 이해하지만 너무 자주 드러내 보이는 고통과 상처와 헌데는 그것이 아무리 거대하고 절실하더라도 식상해지고 만다. 처음 겪는 고통은 안타깝고 안돼 보이지만 매일 보는 고통은 그저 풍경일 뿐이니까.

4·3은 고통과 아픔의 역사임에 분명하다. 적군에게도 아군에게도 똑같이. 그러나 근래에 들어서 작가라는 이름을 단 어떤 제주 사람들에게는 소도蘇塗와 마찬가지 역할을 해왔다. 단지 거론한다는 이유만으로 신분이 상승할 거라고 생각했다면 그것은 착각이다. 천착穿鑿(어떤 원인이나 내용 따위를 따지고 파고들어 알려고 하거나 연구)하지 않았다면 편승便乘(세태나 남의 세력을 이용하여 자신의 이익을 거둠을 비유적으로 이르는 말)일 뿐이다. 말끝마다

101

씨발 씨발 갖다 붙이는 막돼먹은 말버릇처럼, 듣기에도 읽기에도 불편한 '쿠세'로 비칠 우려가 있다. 천인공노할 만행을 문학적 액세서리로 소비하면서 진상과 진실을 전하기도 전에 식상하게 하는 우를 범하는 것이다.

그러한 이유로 강상돈의 전화를 받고 곤혹스러웠다. 제주의 시라면 오름과 4·3이 태반일 거라고 지레짐작했기 때문이다.

다행인지 불행인지 강상돈의 이번 시집에는 직설적으로 내뱉는 4·3에 대한 이야기가 전혀 없다. 간간이 등장하는 몇몇 시어들로 비극의 현장을 짐작하게 할 뿐이다. 마치 입술을 앙다물고 견디고 있는 것처럼 느껴진다. 전농로의 벚꽃 길이나 수선화의 향기들이 이 섬이 지닌 슬픔과 아픔에 대한 단서를 제공한다.

제주에 살던 때는 한 번도 보지 못했던 강상돈을 제주를 떠나와서 자주 만났다. 자주라고 해봐야 1년에 한두 번이지만 시인을 만난다는 것, 그것도 두어 번씩이나 만난다는 것은 드문 일이기도 하고 신기한 일이기도 하다.

제주 시조의 거의 모든 시인들이 그렇듯이 강상돈 또한 순수하다. 어쩔 수 없이 글은 사람을 닮게 돼있다. 그의 시가 담백하고 때로는 즐거운 것도 그의 사람됨이 고

스란히 글로 드러나기 때문이다. 아이돌 스타 같은 외모의 아들과 함께 야구를 보기 위해 비행기를 타는 사람이 강상돈이다. 이 시집이 유독 따스하게 느껴지는 것도 그의 성정 때문이다.

신발장 안 거미줄
독 품은 채 앉아있다

길 잃은 나방 한 마리
포위망에 걸려들고

그 찰나
겨우내 참았던 꽃눈이
독설을 내뿜는다
  -「찰나」전문

「찰나」는 기다림의 시이면서 불꽃이 튀듯 반짝하는 순간을 위해 겨울을 견딘 꽃나무에 대한 찬사다. 언제 찾아올지도 모르는 호시절을 어둡고 퀴퀴한 신발장 안에서 견디는 것은 비단 거미만이 아닐 것이다. 꽃이 피는 순간을, 겨울을 견디는 나무의 삶을 신발장 안 거미의 삶과 나란히 놓을 줄 아는 유머가 그의 시편 전반에 흐르고 있다. 독설을 내뿜는 꽃눈을 포착하는 시선 역시 세상의 모든 독은 꽃처럼 화려하다는 사실을 은연중에 전달한다. 웅크리고 도사리던 거미가 꽃눈으로 변신하는 장면은 로버트 다우니 주니어가 아이언맨으로 변신하는 것보다 더 극적이다.

느릿느릿 가는데 무슨 욕심 더 부리랴

집 한 채 있으면 그걸로 만족한데

축축한 봄날이 오면 느림보로 살고 싶다
　－「달팽이 1」전문

LH공사 직원들의 투기 문제로 온 나라가 시끄러운 때에 읽는 이 시는 각별한 울림을 준다. 대한민국이라는 나라에서 평범한 사람이 지닌 욕망의 최대치가 내 집이라는 사실을 상기한다면 웃자라고 덧자란 욕망이 불러온 참화를 그들은 겪고 있는 셈이다. 눈에 불을 켜고 돈을 좇

는 인간사에서 한발 비켜난 시인의 유유자적한 심경을
명료하게 시로 옮겨놓았다.

많으면 많을수록 좋다는 자본주의의 탐욕에 맞서 봄비
내리는 길을 느릿느릿 건너가는 달팽이 모습이 떠오른다.

지극히 쉬운 말과 평범한 심경을 풀어놓았음에도 불구
하고 읽을수록 마음이 편해지고 적극적으로 동의하게 된
다. 가장 좋은 시는 가장 쉬운 시라는 진리를 다시금 되새
기게 한다.

붙잡지 않는다면
금세 또 잊어버릴

전농로 벚꽃들이
집단 시위 한창이다

지나던
낮달 하나가

눈
　송

이

톡!

던진다
  –「벚꽃 1」전문

  어떤 시가 더 풍부해지기 위해서는 독자로 하여금 시인의 말 한 마디를 수십 마디로 해석할 수 있는 여지를 줘야 한다. 더욱이 세 줄짜리, 45자 안팎의 단시조에서는 이렇게도 읽고 저렇게도 읽을 수 있어야 짧은 시의 묘미를 만끽할 수 있다. "붙잡지 않는다면/ 금세 또 잊어버릴"이 바로 풍부한 해석과 궁리에 궁리를 낳는다. 이어지는 "전농로 벚꽃들이/ 집단 시위 한창이다"라는 평범하고 상투적인 말이 그나마 살아날 수 있는 것도 첫째 수의 포석의 힘이다. 그것이 무언지는 잘라 말할 수 없어도 뭔가 있을 것 같다. 어쩌면 사건 사고와 연관된 기억일 것이다. 기억하고 간직해야 할 그 무엇. 화창한 봄날의 만발한 벚꽃 길에서도 가슴을 치고 뒤통수를 잡아끄는 그 무엇.
  이 짧은 시의 종장에 이르러 그는 돌연 독자의 시선을

하늘로 이끌고 간다. 그러고는 이내 땅바닥으로 끌고 내려와 겨울 풍경을 겹쳐놓는다. 달과 꽃과 눈송이를 수직으로 놓음에 따라 벚나무는 하늘과 땅을 연결하는 무㸾당의 역할을 부여받는다. 이로 인해 첫째 수 "붙잡지 않는다면/ 금세 또 잊어버릴"의 가치는 명백해진다.

흔히 하는 말로 씨실과 날실로 시를 짠다고 했을 때 경치와 감정, 느낌들을 서로 엇갈리도록 단단히 동여매는 데 성공했다.

왕벚꽃 흐드러진
길모퉁이 돌아서면

발그레 어린 내가
침 흘리며 서있다

김 오른
봉성올레에
어머니의 상애떡
　－「봄 1」전문

강상돈이라는 상남자가 발그레 어린 봄이었을 적의 풍경이다. 그의 어린 시절에도 왕벚나무는 현란하게 꽃을 피웠을 것이고, 시인은 새순처럼 모종처럼 서서 상애떡이 다 쪄지기를 기다렸을 것이다.

그 풍경이 그림처럼 선명하다. 좋은 시의 조건 중 하나가 눈으로 그려볼 수 있어야 한다는 것이라면 이 작품이 바로 그렇다. 왕벚나무가 꽃을 피운 채 서있고, 구멍 숭숭 뚫린 시커먼 돌로 쌓은 담이 있고, 콧물과 침이 범벅이 된 어린 시인이 서있고, 떡시루는 풍성하게 김을 뿜고, 어머니는 분주하게 마당과 부엌을 오간다. 공익광고의 한 장면이라고 해도 손색이 없겠다. 굳이 중언부언할 것도 없이 읽는 것만으로 그림이 되는 시다.

눈여겨봐야 할 장면은 초장의 '길모퉁이'와 종장의 '올레'다. 지금은 올레가 트레킹을 위한 길로 변질되고 확장됐지만 본래의 뜻은 큰길에서 이어지는 좁은 골목길을 가리키는 말이었다. 그리하여 지금의 시인이 바라보는 길모퉁이와 "발그레 어린 내가" 서있던 올레는 같은 길이면서도 다른 의미를 지닌다. 변질과 확장의 시대를 넘어가기 위해서라도 김 오르는 상애떡이 필요한 것인지도 모르겠다.

눈물 없이 피는 꽃이
있기는 한 걸까

다랑쉬오름 중턱에
숨어 지낸 들꽃들

살아갈
터전을 잃어
핏물 왈칵 쏟아낸다
－「눈물 꽃」전문

저간의 사정을 모르는 사람이라면 이 시를 어떻게 읽을 것인가? 개발이나 환경 파괴 등등의 이야기로 읽기가 쉬울 것이다. 아니면 철거라든가 좀 더 현대적인 이미지로 읽기도 할 것이다. 하기는 시인 역시 4·3만을 염두에 두지는 않았을 것이다. 이것을 4·3에 대한 시라고 단정하는 것도 고정관념이며 일종의 세뇌 효과일지도 모른다. 공식이라도 되는 것처럼 '제주 시 = 4·3'이라고 각인됐기 때문이다. 어쨌든 시인은 아는 사람은 아는 사람대로, 모르는 사람은 모르는 사람대로 읽더라도 거리낌이 없도록 장치했을 것이다. 그래서 더 절실하고 처절하게 읽힌다. 종장이 썩 흡족하지는 않지만 간접적으로 거론하는 비극의 힘을 잘 보여준다.

다랑쉬오름은 다랑쉬마을에 있는 오름이라는 뜻이었을 것이다. 가본 사람은 알겠지만 다랑쉬마을은 없다. 그 난리 통에 불에 타 없어져 버렸다. 다만 마을 지키던 팽나무만 여전히 우뚝 서서 그 자리를 지키고 있다.

평론가 김현은 기형도의 시집『입 속의 검은 잎』해설을 통해 "좋은 시인은 그의 개인적·내적 상처를 반성·분석하여 그것에 보편적 의미를 부여할 줄 아는 사람이다. 대부분의 시인들은, 그러나, 자신의 감정적 상처를 지나치게 과장하거나, 그것을 억지로 감춤으로써 보기 흉하게 되며 그것은 성숙하지 못한 짓"이라고 지적했다. 마찬가지로 충분히 숙고하지 않고 사용하는 자극적인 언어들은 옷차림과 상관없이 마구잡이로 매단 귀고리나 핸드백처럼 생뚱맞고 어설프다.

사실 이 시는 4·3과 상관없이 읽었을 때 독자의 상상력을 자극하여 훨씬 다양한 의미를 전해줄 수 있다.

새벽녘 무슨 일로 이 자리에 찾아왔나

고약한 녀석일세, 정적마저 깨트리고

찌르르 검문을 하며 곤한 잠을 깨운다
　－「귀뚜라미」전문

　풀벌레 소리에 잠에서 깨어난 적이 있는 사람이라면 이 시의 진심을 이해하기 쉬울 것이다. 사방이 꼭꼭 틀어막힌 주거 환경이 대세로 굳어진 세상에서 사는 사람들의 귀에는 결코 들리지 않을 소리다.
　본의 아니게 곤한 잠에서 깨면 짜증이 날 법도 한데 강상돈은 그저 "고약한 녀석"이라고 웃어넘긴다. 이불을 끌어다 덮으며 돌아눕는 시인의 모습이 그려진다. 그는 놓친 잠을 마저 자기 위해 끙끙 앓고, 귀뚜라미는 잘 테면 자 보라며 목청을 높인다.

　울담 담쟁인 지금 타짜에 당하고 있다

　현란한 손놀림에 홍단, 청단 다 놓치고

노름판 사기 행각에 붉은 속내 드러내는
  -「노름판」전문

　　어느 시인은 영산홍이 흐드러지게 핀 장면을 화투장을
엎어놓은 것 같다고 했는데 강상돈은 단풍 든 담쟁이를
보며 화투판을 연상한다. 청단 - 여름은 진즉 가버렸고,
홍단 - 가을도 벌써 끝물이다. 계절의 변화를 "노름판 사
기 행각"으로 받아들이는 그의 능청이 가히 수준급이다.
살 만큼 산 사람의 입장에서는 계절이 가고 세월이 흐르
는 현상에 대해 사기 행각이라고 생각할지도 모르겠다.
세월이 날 속였느니 어쨌느니 하는 유행가도 있으니까.

　　마음은 어디서나
　　벽 하나를 오른다

　　무성한 잎 따위로
　　앞길 가로막아도

　　오늘은

짙은 화장을 하며

제 갈 길 가고 있다

－「담쟁이 21」전문

이번 강상돈 시집의 특징은 그의 시선과 생각이 얼마나 끈질기고 집요한지 잘 보여준다는 점이다. 달팽이에 대한 생각도 그렇고 벚꽃과 담쟁이에 대해서도 끝까지 물고 늘어진다. 성공적으로 갈무리한 작품도 있고 좀 못 미치는 작품도 있지만 특정 대상을 질릴 때까지 궁구한다는 것은 작가가 지녀야 할 좋은 습관 중의 하나다.

누군가는 시가 찾아와 주기를 기다린다는데 강상돈은 생각을 두드리고 느낌을 두드린 끝에 시를 수확하는 방식을 택하고 있다. 매일같이 주야로 쳐다보는 시인의 눈을 의식했는지 담쟁이도 벚꽃도 달팽이도 순순히 시를 내준다.

네 살 터울 여동생이

스웨터를 짜나 보다

여름내 기력 잃은

내게 입혀주려고

익숙한
손 움직임에
눈시울이 붉어진다
ㅡ「담쟁이 25」 전문

    여동생이 짜준 스웨터를 입어본 사람이 얼마나 될까?
강상돈과 그의 여동생은 상당히 우애가 좋을 것이다. 아
마도 오빠를 생각하는 마음이 살가울 것이고, 시인 역시
여동생에 대한 애틋한 마음을 숨기지 않는다. 서서히 바
람이 차가워지고 또 그만큼 담쟁이는 붉은빛을 띠기 시
작한다. 동생은 무더위를 지나온 오빠를 위해 스웨터를
짠다. 담쟁이에 대한 상상은 독자의 경험에 따라 다를 것
이다. 시멘트 벽을 타고 오르는 담쟁이일 수도 있고, 붉은
벽돌 또는 대리석 건물 벽을 뒤덮은 담쟁이이기도 할 것
이다. 어쩌면 강상돈은 그 살갑고 다정한 여동생 생각에
잠겨 담쟁이가 번져가는 검은 담 앞에서 시간 가는 줄 모
르고 서있었을 것이다. 아니면 그 담을 생각하면서 책상
머리에 앉아있었을 것이다. 한 코 한 코 뜨개바늘을 놀리

는 손길을 지켜보듯이 가을바람에 흔들리는 담쟁이를 바라보았을 것이다.

이 짧은 시를 읽는 동안에도 정성껏 뜬 붉은 스웨터를 걸친 듯 마음이 따뜻해진다. 잔잔하지만 오래도록 온기가 남은 온돌방에 들어선 느낌이다. 문학과 예술의 목적이 마음을 어루만지는 데에 있다면 「담쟁이 25」야말로 진짜 문학이며 진짜 예술이다.

천천히 가는 것도
세상 사는 법이구나

돌담 따라 할머니 몇
유모차를 끌고 간다

낭자한
오색 물빛에
느리게 찍힌 발자국
　　－「어떤 풍경」 전문

이번에는 달팽이가 아니라 유모차가 달팽이의 속도로

길을 간다. 억척같은 젊은 날을 살아낸 할머니들이 "유모
차를 끌고 간다." 제주의 여성들이 살아가는 방식을 지켜
봤을 시인의 눈에 그들의 느린 속도는 낯설지만 안도감
이 드는 풍경일 것이다. 대체로 풍경은 멈춰있는 것이다.
사람이 풍경이 된다는 말은 슬프고 아쉽지만 자연과 동
화되는 광경을 포착했다는 점에서는 뛰어난 발견이기도
하다. 결핍이 집착을 낳는다는 말이 맞는다면 지금 강상
돈은 달팽이의 여유와 느리게 사는 삶을 동경하고 있는
지도 모르겠다.

　　살아온
　　무게만큼

　　이삿짐에 피멍 들 때

　　풀어놓은
　　생각들은

　　눈발 속에 멈칫 서서

헐벗은

시간의 굴레

허공 향해 바라본다
 −「이사를 하며 1」전문

신구간만 돌아오면 늘어나는 집세 걱정

까짓것, 그까짓 것 등에 지면 그만인데

단칸방 서러운 신세 찬 바람만 파고든다
 −「달팽이 5」전문

  그의 달팽이에 대한 집착은 본인의 경험일 수도 있고 그저 상상의 산물일 수도 있다. 경험이든 상상이든 그의 문학이 삶에 밀착해 있다는 점만은 분명하다. 의식주보다 더 높은 고담준론이 과연 가능한 것인지 그의 시는 묻고 있다.
  함부로 짐작하건대 대다수의 서민들과 마찬가지로 그의 젊은 날 역시 이사에 이사로 점철된 삶이었을 것이다.

그 지긋지긋한 이사의 추억은 집을 지고 다니는 달팽이의 완벽한 주거 형태에 대한 동경으로 작용했을 것이다. 누구나 그러했듯이.

> 새로 산 가곡집에
> 익숙한 노래 몇 곡
>
> 오늘따라 당신 생각
> 더욱 또렷해지고
>
> 아버지
> 앉았던 자리
> 콧노래도 들리네
> —「아버지의 노래 2」 전문

다시 가족이 등장한다. 그의 부친은 가곡을 좋아했던 모양이다. 아버지가 흥얼거리던 콧노래가 가곡집에서 흘러나오고, 그 노래를 들으면서 아버지 생각에 울컥한다. 엄마가 되어보지 않으면 엄마의 심경을 이해할 수 없는 것과 마찬가지로, 아버지가 되어보지 않으면 아버지의 심경을 알 수 없다. 삶의 난관에 봉착할 때 가끔은 아버지였다면 어떻게 했을까 생각에 잠기기도 했을 것이다.

앞서 얘기했던 것처럼 강상돈의 시는 솔직하고 담백하다. 무엇보다 여동생이 짜준 스웨터처럼 따스하고 아늑하고 그래서 뭉클하다. 또 때로는 익살맞고 좀 싱겁기도 하여 부담 없이 가슴속에 들일 수 있다. 무엇보다 거대한 상처의 겉을 핥아 덧나게 하기보다는 자신의 상처와 이야기를 풀어놓으면서 인류 공통의 관심사, 즉 가족과 사랑을 함께 담아 느릿느릿 걸어가는 달팽이가 되고 싶어한다.

그리하여 다시 좋은 시란 과연 어떤 시인지 돌아보게 한다. 문학은 현실 참여를 바탕으로 한 살아있는 정신이기도 하지만, 그보다 먼저 위로여야 한다. 하기는 생계보다 더한 현실이야 없을 테지만.